Seelenflaum

Kleine Engel-Geschichten

Ich widme dieses Büchlein allen Menschen dieser Erde, ob groß und klein.

Vor allem meinen drei wunderbaren Kindern, die mir mit ihrer Liebe und Anerkennung mein Herz erwärmen - auch in schweren Zeiten.

Durch jedes Einzelne, ihr Lieben, darf ich erfahren, was es heißt, bedingungslos, auch mit Fehlern, geliebt zu werden.

Ich bin nicht perfekt - aber ich bin so, wie ich bin.

Danke, Eure Mutter, Eure Veronika

Veronika Schneider

Seelenflaum

Kleine Engel-Geschichten

Bibliografische Information der Deutschen Nationalbibliothek:
Die Deutsche Nationalbibliothek verzeichnet diese Publikation in
der Deutschen Nationalbibliografie; detaillierte bibliografische Da-
ten sind im Internet über http://dnb.dnb.de abrufbar.

© 2018 Veronika Schneider

Lektorat: Tina Müller (URL: www.tina-mueller.com)
Korrektorat: Roswitha Uhlirsch (URL: www.spreadandread.de)
Coverdesign: Renèe Rott, (URL: https://coverandart.jimdo.com)
Bilder: Vielen Dank an www.pixabay.de!

Herstellung und Verlag: BoD – Books on Demand, Norderstedt

ISBN: 978-3-748-13731-3

Inhaltsverzeichnis

Jophiel und die Botschaft des Bergkristalls

Liebevoll blickte der Herr in seine Engelsschar. Es war wieder einmal an der Zeit, sie zu sich zu rufen und einen besonderen Auftrag zu vergeben. Jedes Mal fiel es ihm schwer, einen von ihnen auszuwählen, denn alle seine Lieben waren etwas ganz Besonderes für ihn.

Nach dem vollzähligen Eintreffen seiner Engel und der kurzen Aufregung erklärte er, was er vorhatte. Der Engel, den er suchte, sollte die Begabung haben, in uns das Bewusstsein zu wecken und das Licht in unserem Inneren zu entdecken.

Da kam kein anderer in Frage als Jophiel, denn sein Name trug den Inhalt dieser Botschaft. Der Herr richtete das Wort an den kleinen Engel und besprach den Auftrag mit ihm.

Jophiel sollte sich auf den Weg machen, einen Bergkristall suchen und diesen zu Manuel bringen, der sich gerade für alles schuldig fühlte, weil sich seine Eltern trennten und er nunmehr ohne Vater leben musste.

Für Manuel war die Welt vollkommen in Ordnung, bis zu dem Zeitpunkt, als der Vater die Mutter verließ. Er liebte doch beide und so gab er sich die Schuld daran. Ja, Manuel fühlte sich schuldig und das machte ihn traurig und einsam.

Er wusste, dass sich die Eltern immer mehr stritten und keinen Ausweg mehr sahen, als sich zu trennen. Manuel war noch zu jung, um dies zu verstehen, und doch nahm er viel wahr.

Vater und Mutter erklärten ihrem Sohn nur, dass es nichts mit ihm zu tun hätte. Doch das schlechte Gefühl blieb. Manuel zog sich immer mehr zurück und weinte oft, wenn es die Mutter nicht sah. Denn er wollte doch jetzt stark sein für sie, musste doch aufpassen, er war jetzt der »Mann« im Haus.

Der Konflikt in ihm wurde täglich größer, der Vater fehlte ihm sehr. Er vermisste die Gespräche, die Erklärungen des Vaters auf seine Fragen. Dinge, die er mit der Mutter nicht teilen konnte.

Nun lebte der Vater allein auf der großen Alm in den Bergen. Früher hatte Manuel die Ferien dort verbracht und geholfen, wo man ihn brauchte. Vater erklärte ihm das Melken der Kühe, das Füttern der Kälber und, was Manuel ganz besonders gut gefiel, das Fahren auf dem Traktor. Er durfte natürlich nur im Hof herumfahren, denn die Alm lag hoch und steil am Berg. Doch wenn der Vater das Heu einholte, durfte er auch am Steilhang mitfahren. Das war ein tolles Gefühl und er wünschte sich, dass er dies eines Tages auch könnte.

Und jetzt lebte Manuel im Dorf unten im Tal und der Vater lebte weit oben in den Bergen. Er vermisste seinen Vater und die Berge sehr.

Eines Abends, als der Junge im Bett lag, überlegte er, wie er es schaffen könnte, dorthin zu gehen. Doch der Winter stand bereits vor der Türe. Die Tage waren kalt, nass und es schneite gelegentlich. Sollte er es wagen, zum Vater aufzubrechen?

Der Weg war ihm bekannt. Aber wann war der richtige Zeit-punkt? Allzu lange durfte er nicht warten, denn das Wetter konn-te zu dieser Jahreszeit in den Bergen sehr unberechenbar sein.

Der Gedanke daran ließ ihn nicht einschlafen. Leise schlich er aus seinem Zimmer und schaute nach seiner Mutter. Sie saß noch am Ofen und stickte an ihren wunderbaren Deckchen. Sie musste doch etwas dazu verdienen, damit sie davon leben konnten. Zweimal in der Woche ging die Mutter auf den Markt, um ihre Ware zu verkaufen. Die Arbeit war anstrengend und oft wirkte die Mutter sehr müde und doch bemerkte Manuel noch das Leuchten in ihren Augen. Da wusste er, dass ihr die Arbeit noch Freude bereitete.

Kurz blickte die Mutter auf und horchte in den Raum. Pst, ob sie mich gehört hatte? Manuel lief zurück in sein Zimmer. Wie sollte er es der Mutter sagen? Sie fand die Idee bestimmt nicht gut, wäre dann voller Sorge und würde wahrscheinlich den Vorschlag machen, den Frühling abzuwarten.

Nein, das war unmöglich, die Sehnsucht, den Vater wiederzu-sehen, war unerträglich. Er musste einen Entschluss fassen. Ach, verschieben wir es erst mal auf morgen, dachte er und schlief ein.

Manuel wachte früher auf als gewohnt, verließ sein Zimmer, schaute nach dem Ofen, so wie er es jeden Morgen tat. Man konnte noch die Wärme von gestern spüren. Schnell legte er noch etwas Holz auf, lief in die Küche und frühstückte. Während er seine Milch trank, versank er in einen Traum, der doch jetzt schon so wirklich war.

Er fasste den Entschluss: Heute wollte er zum Vater in die Berge aufbrechen. Manuel holte seinen Rucksack vom Haken und packte sich Brot, Obst und eine Flasche Wasser ein. Schnell wusch er sein Gesicht mit kaltem Wasser in der Küche. Noch ein paar warme Sachen in den Rucksack stecken, die Bergschuhe und die Winterjacke anziehen. Manuel war jetzt startklar.

Doch was sollte er seiner Mutter sagen? Sollte er ihr noch einen Zettel schreiben – BIN BEI VATER? Der Gedanke, dass sie sich sorgen könnte und dass sie ihn einholen könnte, bevor er auf der Alm war, ließ ihn schnell vergessen, ihr eine Nachricht zu schreiben. Manuel verließ leise das Haus und begab sich auf sein Abenteuer.

Jophiel beobachtete all dies vom Himmel aus, aber er durfte jetzt noch nicht einschreiten. Wie gerne wäre er mit dem Jungen auf die Reise gegangen, doch sein Auftrag lautete anders. Zuerst musste er den Stein finden und dann durfte er mit Manuel in Kontakt treten. Also packte der Engel seine Sachen, die er für die Reise benötigte, verabschiedete sich von seinen Lieben, setzte sich auf sein Wolkenschiffchen und machte sich auf den Weg. Auch Jophiel fuhr ins Unbekannte. Wo sollte er anfangen zu suchen? Wo gab es den passenden Stein für Manuel? Doch ein Gedanke ließ ihn nicht mehr los.

Warum sollte er den Stein nicht in den Bergen finden, dort wo der Junge zu Hause war? Kurzum lenkte er sein Schiffchen dorthin und war gespannt auf das, was ihn erwartete.

Manuel war bereits eine Weile unterwegs. Das Dorf lag hinter ihm und er hörte leise die Glocken des kleinen Kirchleins läuten. Er dachte an Mama, die jetzt bald merken würde, dass er nicht mehr da war. Der Wind blies ihm um die Ohren und er zog seine Mütze etwas tiefer ins Gesicht. Jetzt wurde der Weg nach oben in die Berge immer steiler. Er war teilweise nass und teilweise voller Schnee, der es aber nicht schaffte, liegen zu bleiben. Schritt für Schritt mit dem Wind im Gesicht stieg der Junge höher und höher. Die Kraft dafür nahm er aus seinem Inneren, dem Ruf seines Herzens.

Die Sehnsucht nach seinem Vater trieb ihn weiter voran. Einige Stellen, die er betrat, waren gefährlich für ihn. Manchmal glitt er aus und konnte sich noch an herausstehenden Wurzeln festhalten. Manuel hangelte sich an Felswänden entlang und wanderte über eine schmale Brücke, die über die tiefe Schlucht hing. Durch den Wind schaukelte sie etwas und einen kurzen Augenblick dachte er daran, wieder umzudrehen und in die warme Stube zur Mutter zurückzukehren. Aber der innere Ruf trieb ihn immer weiter und weiter.

Auf der anderen Seite der Schlucht musste Manuel noch an den Hügeln vorbeigehen, auf denen er in der Ferne die Kühe erkennen konnte. Doch der Junge wusste, dass der Vater sie immer irgendwo anders weiden ließ. Vor allem um diese Zeit, wo das Gras nicht mehr so saftig war. Manuel war müde und er fror. Die Kälte wurde dort oben immer unerträglicher. Ach, Mama, wie schön wäre es, jetzt bei dir zu sein und eine warme Tasse Milch zu trinken, dachte er. Doch irgendetwas in seinem Inneren ließ ihn nicht zur Ruhe kommen. Er ging weiter seines Weges. In der Ferne sah er die Dächer des Dorfes.

Aber Manuel war noch lange nicht am Ziel. Noch einen heftigen Aufstieg und dann konnte er die Alm sehen. Vor Müdigkeit rutschte er aus, glitt über das nasse Gras und suchte Halt. Der Junge blieb liegen und atmete heftig vor Aufregung. Ich schaffe es nicht mehr, es ist so kalt, ich bin so müde, waren seine letzten Gedanken. Er musste kurz eingeschlafen sein, die Kälte riss ihn jedoch wieder aus dem Schlaf. Denn als der Junge aufwachte, fror er noch mehr und es dämmerte bereits. Ich muss die Alm vor der Dunkelheit erreichen, sonst verlaufe ich mich möglicherweise noch.

Jophiel konnte das alles miterleben, er fror auch, ihm war ganz kalt und er bibberte am ganzen Körper.

Manuel rappelte sich auf, sammelte all seine Kraft und lief und lief, was ihn seine Beine noch tragen konnten. Endlich oben angekommen konnte der Junge die Alm erkennen. Nun schleppte er sich langsam an sein Ziel. Er öffnete die Tür zur warmen Stube und fiel vor Erschöpfung in den Raum. »Vater, ich bin endlich da!«, brachte Manuel noch hervor und dann verließen ihn endgültig seine Kräfte.

Manuel fiel in einen tiefen Schlaf. Als er erwachte, lag er in einem warmen Bett und es war ihm warm. Der Vater saß neben ihm und streichelte dem Sohn über den Kopf. Als er bemerkte, dass er sich rührte, nahm er die Schüssel mit der Suppe in die Hand. Manuel wollte sich aufsetzen, doch sein Vater drückte ihn behutsam in das Kissen zurück. Er schichtete noch ein weiteres Kissen unter den Nacken, sodass sein Junge etwas höher liegen konnte.

Die Suppe tat gut und Manuel spürte, wie die Wärme und seine Kräfte in den Körper zurückkehrten. Allerdings war er noch sehr müde. Die beiden sprachen nicht miteinander, sie unterhielten sich wortlos oder mit Berührungen. Als die Suppe aufgegessen war, sagte der Vater: »Mein lieber Sohn, du bleibst jetzt liegen und morgen reden wir darüber. Ich wünsche dir eine gute Nacht.« Er gab ihm noch einen liebevollen Kuss auf die Stirn und verließ dann den Raum.

Müde vom Tag zog sich der Vater in die warme Stube zurück. Viele Gedanken schossen ihm durch den Kopf. Warum? Wieso? Weshalb? Es war keine Lösung für dieses Problem in Sicht. Wut, Traurigkeit und Selbstmitleid stiegen in ihm hoch. Wut auf sich und auf das Leben, das es nicht gut mit ihm meinte. Nein, jetzt wurde er ungerecht, das Leben gab ihm alles, was er sich vorstellen konnte. Eine Frau, einen Sohn und ein wunderbares Zuhause. Nur er, er vergrub sich in seinem Starrsinn, wollte bedauert werden. Was soll's, dachte er, morgen ist auch noch ein Tag und so ging er zu Bett. Unruhig und aufgewühlt schlief er schließlich ein.

O mein Gott, dachte Jophiel, was ist denn da los? Er konnte es nicht verstehen, nicht glauben. Jetzt wird es Zeit ,dass ich eingreife, dachte der kleine Engel und machte sich auf den Weg in die Träume der beiden. Jophiel steuerte sein Wolkenschiffchen direkt in die Berge. Majestätisch standen sie vor ihm. Er konnte tiefe Gräben und Schluchten, auch Pflanzen und Bäume erkennen. In der Ferne glitzerte der Bergsee und dort wollte er landen.

Sanft setzte er sein Schiffchen ab und stieg aus. Wow, dieser Ausblick, diese herrliche Luft, der kleine Engel war begeistert. Kurz überlegte er, wo er denn den Stein finden könnte. Im See? Im Berg? Er lief Richtung Berg.

Dort stieg er einen schmalen Pfad nach oben. Im Berg sah er dann eine kleine Höhle und Jophiel ging hinein. Darin war es dunkel und kalt, doch der kleine Engel ging mutig weiter. In der Höhlenmitte sah er ein kleines Licht, das durch einen Felsspalt eintrat. Er ging darauf zu und sah, dass die ganze Wand glitzerte und leuchtete.

Jophiel war so erfreut darüber, dass er hüpfte und in seine Händchen klatschte. Ja, ja, da ist er, der wunderbare Stein, Gottes auserwählter Bergkristall, der Stein, der Heilung bringt und folgende Botschaft beinhaltet:

Wirkungen für den reinen Geist: Der Bergkristall fördert die Wahrnehmung, Selbsterkenntnis und Vernunft, sorgt für besseren Realitätssinn und bringt seinem Träger Energie sowie ein besseres

Gedächtnis. Der Stein kann helfen, sich und andere mit einer klare- ren Wahrnehmung zu sehen. Er soll den Gerechtigkeitssinn schärfen und sorgt für ein besseres Gespür für den richtigen Zeitpunkt. Zudem besagt eine Legende, dass der Bergkristall in Form einer Spitze, als Kette über der Kleidung getragen, eine starke Wirkung als Schutz- stein hat.

Wunderbar, dachte der kleine Engel, genau das brauchen die beiden jetzt. Ob sie die Botschaft erkennen würden, war ihm im Moment egal. Es ging nun in erster Linie um den Schutz für die beiden. Schnell nahm der kleine Engel die zwei schönsten Steine mit und verstaute sie behutsam in seinem kleinen Täschchen. Dann verließ er glücklich und zufrieden die kleine Höhle.

Nun konnte Jophiel endlich eingreifen. Er machte sich auf den Weg zu seinem Wolkenschiffchen und steuerte dies in Richtung der Alm. Dort angekommen überflog er diese und schaute nach dem Rechten. Alles war ruhig dort. Manuel und sein Vater schlie- fen noch tief und fest.

Der kleine Engel öffnete die Tür zur Stube und streute Sternen- staub über den Vater und anschließend über Manuel im Neben- zimmer. Der Vater rührte sich kurz und Jophiel dachte schon, dass er ihn bemerkt hatte, doch das konnte nicht sein, *denn liebe Kinder, leider ist es so, dass viele erwachsene Menschen die Engel nicht mehr wahrnehmen können. Aus dem Glauben heraus, dass diese gar nicht existieren.*

Aber ihr kleinen »Erdenkinder«, ihr könnt sie fühlen. In euren Träumen, da erscheinen sie euch. Oder mit eurem Lieblingsspielzeug, wie Teddybär, Puppe oder was ihr gerade am meisten liebt. Hast du dich schon einmal beobachtet, wie du mit dir selbst redest? Es ist ein schönes Gefühl und genau in diesem Moment redest du mit den En- geln.

Ich, die Autorin, habe als Kind auch mit meinen »kleinen« Freun- den geredet, doch die Erwachsenenwelt hat es mir dann verboten.

Doch heute weiß ich, sie sind immer allgegenwärtig und begleiten mich bis heute. Und ich glaube auch an Steine. Es faszinierte mich immer, wie sie glitzern. Auch auf vielen Wanderungen habe ich Steine gesammelt, die für mich geleuchtet haben.

Der kleine Engel setzte sich zu Manuel ans Bett und kitzelte ihn an der Nase. Der Junge öffnete leicht die Augen und blickte sich um. Träume ich oder was ist da gerade los, dachte Manuel. Sitzt hier ein Engel neben mir auf dem Bett? Nein, nein, das konnte nicht sein und er zog sich die Decke über den Kopf.

Jophiel musste schmunzeln und lachte laut. Vorsichtig streckte Manuel seinen Kopf hervor und blickte dem kleinen Engel in die Augen. »Wer bist du?«, fragte er. »Ich heiße Jophiel und wurde von Gott auserkoren, dir und deinem Vater einen speziellen Auftrag zu überbringen.«

»Welchen Auftrag?«, fragte Manuel.

»Gott möchte, dass du und dein Vater einen Bergkristall bei euch tragt. Er soll euch schützen und Energie bringen und die Kraft haben, euch das Bewusstsein zu lehren und das Licht in eurem Inneren zu entdecken. Der Stein hat noch mehr Botschaften, doch vorerst geht es um euren Schutz.«

»Oh, wie schön,« sagte der Junge. Der kleine Engel überreichte Manuel den Stein. Der Junge drehte und wendete ihn, hielt ihn gegen das Licht, um ihn noch mehr wahrzunehmen. Manuel war überglücklich und umarmte den kleinen Engel. »Danke, danke, ich danke dir.«

Jophiel verließ den Raum und schaute nach dem Vater. Dieser war bereits dabei, den Ofen zu wärmen und die Milch zuzubereiten. Der kleine Engel legte den Stein auf den Tisch und verschwand wieder im Zimmer bei Manuel.

Der Vater drehte sich um und dachte, dass er doch irgendetwas wahrgenommen hatte, einen Hauch, eine Bewegung, da war doch was. Ach, nein, dachte er, ich träume sicherlich noch. Doch auf dem Tisch sah er den wunderschönen Stein. Seltsam, der lag doch gestern noch nicht da. Auch der Vater war begeistert von diesem Stein. Wie er leuchtete und glitzerte. Er machte sich weiter keine Gedanken darüber und steckte ihn in die Hosentasche.

Dann öffnete der Vater die Türe zu Manuels Zimmer und schaute hinein. Er sah den Jungen munter im Bett sitzen und ging auf ihn zu. Manuel wirkte so anders, so ruhig und gelassen. So fröhlich und glücklich. Dann bemerkte er, dass auch der Junge einen Stein in der Hand hielt. »Wo hast du diesen Stein her, Manuel?«, fragte der Vater. Der Junge antwortete: »Vater, den gab mir ein Engel, er heißt Jophiel.« Schnell lief der Vater ans Bett, fühlte die Stirn, ob der Junge fieberte. Nein, die Stirn fühlte sich normal an. Der Vater konnte es sich nicht erklären. War es ein Traum? Nein, es fühlte sich so wirklich an. Manuel saß ja vergnügt im Bett.

Der Junge erzählte dem Vater, was es mit den Steinen auf sich hatte und was diese für eine Wirkung hätten. Nun gut, dachte sich der Vater, lassen wir das mal so stehen. Er sagte zu Manuel, dass die warme Milch bereits auf dem Tisch stand und er doch zum Frühstück kommen sollte.

Der Junge stieg aus dem Bett und ging zum Vater in die warme Stube. Es fühlte sich so an wie bei Mutter zu Hause und Manuel stiegen die Tränen in die Augen. Aber er wollte nicht, dass der Vater dies sah, denn Jungen weinen nicht.

Doch ich möchte euch sagen, jeder Junge, ob groß oder klein, darf weinen. Weinen reinigt und heilt die Seele. Also lasst euren Gefühlen freien Lauf, egal ob Freude oder Leid. Ihr müsst euch für nichts schämen.

Manuel wischte sich die Tränen von den Augen, aber der Vater beobachtete die Bewegung und setzte sich zu ihm an den Tisch.

»Mein Sohn, ich möchte dir etwas sagen. Du sollst nicht weiter leiden, dass Mama und ich uns getrennt haben. Trennung ist oft keine Endgültigkeit. Trennung heißt auch, klar werden mit sich. Trennung bedeutet auch, dem anderen zu zeigen, jetzt brauche ich Abstand, um wieder klar entscheiden zu können. Und deshalb bin ich auf die Alm gegangen. Die Streitigkeiten hatten nichts mit dir zu tun. Doch Erwachsene machen oft Dinge, die ihr Kinder noch nicht versteht. Aber glaube mir, es sollte euch beiden nie schaden. Ich liebe deine Mutter immer noch. Auch sie bat mich um Klarheit. Aber ich kann dir nicht sagen, wie lange dies noch dauern wird. Vielleicht bis zum Frühling. Vielleicht aber auch länger, um dann zu dem Entschluss zu kommen, dass es kein Miteinander mehr geben wird. Doch die Liebe zu dir wird niemals enden. Wir werden einen guten Weg finden, dass es dir dabei gut geht.«

Manuel schluckte und nun konnte er die Tränen nicht mehr zurückhalten. Ja, es fühlte sich schmerzhaft an. Ja, er war auch kurzfristig wütend auf den Vater, weil er so etwas sagte. Aber tief im Inneren fühlte er sich gut, weil er endlich die Erklärung vom Vater bekam, die er so sehr vermisst hatte.

Er blickte auf und sagte mit ruhigen Worten: »Ich verstehe dich und ich danke dir für deine Worte. Ja, sie trafen mich, aber ich bin froh, dass ich nun weiß, dass ich nicht schuld daran bin. Ich liebe euch beide und egal, wie du dich entscheidest, du wirst immer mein Vater bleiben.«

Endlich konnten sich die beiden in die Arme nehmen und sie spürten tief im Inneren den Stein, der ganz minimal seine Wirkung erfüllt hatte.

Jophiel war wie betäubt, er bekam alles mit und es berührte ihn so sehr. Ja, seine Tat war vollbracht und er konnte sich wieder auf den Heimweg zu Gott machen. Als er sich verabschiedete, streute er noch etwas Sternenstaub und verließ die Stube. Manuel konnte einen leichten Hauch fühlen und dann war der kleine Engel weg.

Jophiel setzte sich in sein Wolkenschiffchen und steuerte dieses nach oben, Richtung Himmel. Er drehte noch eine große Kurve über die Alm und blickte glücklich nach unten.

Müde kam er im Himmel an und alle erwarteten ihn schon aufgeregt. Ein wunderbares Buffet war vorbereitet und Jophiel erzählte und aß zugleich. Alle seine lieben Freunde klatschten vergnügt in die Hände und Gott hatte wieder allen Grund dazu, glücklich zu sein. Sein Auftrag wurde göttlich erfüllt.

Leandra

Es war einmal eine kleine Fee namens Leandra. Sie lebte tief im Wald und sie fühlte sich sehr wohl in ihrem Zuhause. Jeden Abend und jeden Morgen kam ihr kleiner Freund, der Marienkäfer »Glücko« vorbei und berichtete ihr aus der weiten Welt. Er hatte viel zu erzählen, Schönes und Trauriges. Glücko erzählte und erzählte und Leandra lauschte und lauschte.

Viele Geschichten berührten sie so sehr, dass ihr die Tränchen über die Bäckchen kullerten. Dann fasste die kleine Fee einen Entschluss. Sie musste es sich selbst anschauen und in die Welt hinausgehen. So beschloss Leandra, am nächsten Morgen aufzubrechen. Die Nacht war etwas unruhig, weil sie nicht wusste, was sie erwarten würde.

Am nächsten Morgen wartete Glücko bereits auf seine Freundin, denn er wollte sie begleiten. Aufgeregt flogen die beiden aus dem Wald und der Weg wurde immer heller und heller. Leandra war sehr glücklich darüber, denn sie kannte die Welt nur aus Erzählungen. Staunend blickte sie sich um. Sie konnte von dem Anblick einfach nicht genug bekommen und Glücko ließ ihr diese Zeit.

Nach einem langen Flug kamen sie endlich in einem kleinen Dorf an. Leandra war zwar sehr müde, aber vor lauter Neugier war sie voller Energie. Nach einem kurzen leckeren Mahl mit ihrem Freund Glücko flogen sie mitten auf den Dorfplatz. Dort versammelten sich viele Menschen, große und kleine, alte und junge. Sie plauderten unentwegt. Die fremden Wesen unterhielten sich über das Glück.

Leandra lauschte neugierig und landete sanft auf der Schulter eines kleinen Menschen. Das kleine Menschenkind konnte sie fühlen.

»Was macht ihr da?«, fragte Leandra.

»Die Menschen suchen das Glück«, sagte das Menschlein.

»Ja, haben sie es denn verloren?«, fragte die kleine Fee.

„Ja, ein kleiner Gnom ist gekommen und hat es aus den Herzen gestohlen. Jetzt sind sie so verzweifelt darüber, wie das geschehen konnte.«

Leandra besprach sich mit Glücko. Da sagte Glücko: »Ich bin doch ein Marienkäfer, ich habe ganz viele Glückspunkte in meinem Bäuchlein. Ich werde diese über die Menschen verstreuen.« Vergnügt klatschten sie in ihre Händchen.

Glücko flog los und verstreute ganz viele Glückspunkte. Es rieselte und rieselte. Von oben sah das herrlich aus, wie kleine helle Punkte über den Menschenkindern. Einige Menschlein sahen dem Ganzen mit Freude zu und öffneten ihre Hände. Einige blieben in ihrer Traurigkeit.

Glücko flog und flog und rief: »Liebe Menschenkinder, Glück ist das Einzige, was sich verdoppelt, wenn man es teilt. Gebt es weiter an diejenigen, die immer noch traurig sind.«

Viele Menschen waren so sehr damit beschäftigt, das Glück zu verteilen. Leandra und Glücko konnten zusehen, wie das Gefühl von Glück sie veränderte. Doch einige konnten mit dem fallenden Glück nichts anfangen. Sie blieben traurig.

Leandra war so glücklich und dankbar, dies zu erleben. Sie gab ihrem Freund Glücko ein Zeichen, um ihm klar zu machen, dass sie wieder zurück in ihr kleines Reich fliegen sollten. Gemeinsam machten sie sich müde und dennoch mit einem wohligen Gefühl auf die Heimreise.

Es gibt viele Menschenkinder, die das Glück nicht greifen können. Aus der Angst heraus, es nicht verdient zu haben oder nicht gut genug dafür zu sein. Und das ist dann der Moment, in dem der Gnom unser Glück genommen hat.

Doch lasst eure Herzen fühlen, lauschen und sprechen. Niemand kann dir das Glück nehmen. Manchmal haben wir etwas weniger davon, dann wieder mehr. Es ist aber immer da. Glück ist so vielseitig. Unser SEIN ist Glück. Bestimmt fällt dir noch etwas ein.

Wann hast du dich das letzte Mal glücklich gefühlt?

Immerschön

Es war einmal eine kleine Blume. Sie nannte sich Immerschön. Jeden Tag betrachtete sie sich mit Freude und Stolz. Sie strahlte in den schönsten Farben und duftete weit über die Wiese hinaus. Die anderen Blumen neben ihr sahen ihr täglich zu und wunderten sich, wie sie das jeden Tag machte.

Auch Schmetterlinge flogen sie täglich an, um sich von ihrem Duft, ihrer Schönheit und Leichtigkeit zu nähren. Das machte Immerschön gar nichts aus, im Gegenteil, sie genoss dies so sehr.

Doch es gab auch Blumen, die das gar nicht verstanden, neidisch wurden und sich von Immerschön abwandten. Doch Immerschön störte das ganz und gar nicht. Voller Stolz strahlte sie noch viel mehr. Sie konnte die Sonne genießen und sich damit auftanken. Sie konnte den Regen fühlen und sich damit stärken und sie konnte den Wind in ihren Blüten spüren und ihre Stärke fühlen.

Die kleine Blume war so glücklich über sich selbst. Bitte denkt nicht, sie sei arrogant oder hochnäsig gewesen.

Im Gegenteil: Immerschön hatte erkannt, was es heißt, für sich selbst einzustehen. Das machte es aus und der tiefe Glaube in ihr. Sie erkannte, dass es nur so funktionieren konnte. Jeden Tag sagte sie sich: »ICH bin schön, so wie ich bin. Und ich liebe MICH, so wie ich bin.«

Nicht das Äußere bestimmt unsere Schönheit. Wir ganz alleine kreieren unsere Schönheit. Gott schuf einen riesengroßen Garten voller Blumen. Jede auf seine Art und Weise und er fand alle wunderschön. Wir dürfen nicht nach anderen Blumen schauen und neidisch oder unglücklich sein. Nein, denn unsere wahre Schönheit kommt durch unsere Liebe in uns. Wir betrachten uns als schön, wenn wir glücklich sind. Aber auch im Leid sind wir schön, denn da lernen wir wieder etwas auf unserem Lebensweg. Und daran wachsen wir und kehren zurück in die Blüte. Jeder Augenblick zeichnet uns aus, bringt uns weiter oder in den Stillstand. Doch wir werden mit neuen Erfahrungen und Erkenntnissen daraus erwachen und reifen. Wir haben immer die freie Wahl. Doch eines wird nie in uns verblühen und das ist die LIEBE. Und denkt an Immerschön, denn wir sind »immer schön«!

Franzi und Franz

Es war wieder so weit und Gott hatte wieder einen wunderbaren Auftrag für seine Helferlein. Die Engelkinder Franzi und der kleine Franz sollten eine Botschaft überbringen. Die beiden wurden sanft zur Erde gebracht, um den Menschen Heilung zu bringen. Voller Freude liefen sie mit ihren kleinen Füßchen auf der wunderbaren kunterbunten Wiese Richtung Dorf. Hand in Hand und quietschvergnügt waren sie. Im Dorf angekommen fühlten sie die Traurigkeit. Welch ein düsteres Gefühl. Ein Gefühl, das sie nicht kannten. Aber Gott gab ihnen einen Auftrag. Denn sie sollten den Menschen wieder Freude und Dankbarkeit bringen.

Auf einmal kamen die Menschenkinder aus ihren Häusern und waren neugierig, wer da im Dorf erschienen war. Denn die beiden sahen so engelhaft aus.

Mutig sagten Franz und Franzi: »Ihr lieben Menschenkinder freut euch, freut euch des Lebens. Nichts kann so traurig sein, dass ihr es nicht heilen könnt. Mit Vertrauen, Liebe und Dankbarkeit könnt ihr dies schaffen.«

Verwundert schauten sich die Menschenkinder an und stimmten leise zu. Plötzlich nahmen sie sich gegenseitig an der Hand und bildeten einen Kreis um die beiden kleinen Engel. Die Traurigkeit löste sich langsam auf und die Menschen lächelten vor sich hin. Glücklich sahen die beiden zu, wie es ist, sich zu berühren und Dinge aufzulösen, mit sich und anderen.

Mit Nähe und mit Berührung können wir so viel erreichen. Wir müssen lernen, wieder aufeinander zuzugehen. Jedes Gefühl von Distanz trennt uns. Und redet, redet immer miteinander. Reden bringt uns einander wieder näher und schärft die Wahrnehmung. Es gibt dem anderen das Gefühl: Du bist mir wichtig und ich nehme dich wahr. Gefühle sind so schön, öffnet eure Herzen. Und fühlt Dankbarkeit, für DICH und für dein Leben. Denn DU bist einmalig und einzigartig. Es wird kein zweites DICH geben.

Franz und Franzi fühlten diese wunderbare Veränderung, es löste ein schönes, wunderbares Gefühl aus. Ein Gefühl von Heilung und des Miteinanders entstand. Sie versprachen wiederzukommen und die Menschenkinder im Auge zu behalten. Sie streuten Sternenstaub und Glitzerstaub über die vielen Köpfchen.

Sie wünschten den Menschen mit Liebe im Herzen viel Glück und verabschiedeten sich, denn sicherlich wartete bereits schon irgendwo auf diesem Planeten jemand auf ihre Hilfe. Denn Gott hatte immer wundervolle Aufgaben für seine kleinen himmlischen Helfer.

Engel der Leichtigkeit

Es war einmal ein wunderbarer kleiner Engel. Er war voller Liebe und voller Leichtigkeit. Seine Lieblingsbeschäftigung war es, über Wiesen, Felder und Wege zu fliegen und sich zu fühlen und zu spüren. Um den kleinen Engel herum war es herrlich bunt und erfrischend. Nichts machte ihm Angst. Er fühlte den Spaß der Schmetterlinge, die ein buntes Spiel mit ihm trieben.

Er rief: »Hallo, ihr Schmetterlinge, ihr lebt die Leichtigkeit, ihr lebt die Freude und ihr lebt die Liebe. Ich möchte zu den Menschen fliegen, um ihnen mal wieder das Gefühl ihres SEINS zu geben. Ich spüre soviel Traurigkeit. Sie fragen oft nach dem Sinn des Lebens.«

»Kleiner Engel, da hast du aber eine schwierige Aufgabe. Du weißt, dass jeder Mensch anders ist, keiner gleicht dem anderen, so wie wir es nicht tun. Sieh die bunten Farben unserer Flügel. Gott schuf all diese Menschenkinder und sie gleichen einander weder im Aussehen noch im SEIN.«

Der kleine Engel überlegte kurz, doch er war sich sicher, diesen Weg zu gehen. Ich bin doch leicht, dachte er sich. Voller Freude plauderte der kleine Engel über seine Mission und die Schmetterlinge begleiteten ihn vergnügt ein Stück des Weges.

Der kleine Engel flog zur Erde und zeigte den Menschen die Leichtigkeit, doch er fühlte, dass es gar nicht so einfach war. Er spürte die vielen Unterschiede, keiner glich dem anderen.

Seht ihr, welch Freude der kleine Engel hat? Seht ihr das wunderbare Licht, das ihn umgibt? Spürt ihr die Freude jetzt in euren Herzen? Zweifelt nicht, ihr habt alle die LIEBE in euren Herzen. Bei manchen ist sie leise, bei manchen laut und manche können sie nicht mehr hören. Doch lauscht, fühlt und horcht, jedes Herz spricht anders. Lasst los und vertraut euch selbst.

Der kleine Engel war so glücklich darüber, dass ihm vor lauter Liebe und Freude Tränchen über die Bäckchen kullerten.

**Erdenkinder, Menschenkinder und Lichtbringer,
ich liebe euch. Wenn ihr wollt, komme ich wieder und bringe
noch mehr Leichtigkeit zu euch.**

Daniel und der Amethyst

Eines Morgens saß der Herr auf seinem Thron und überlegte, welche Aufgabe er heute verteilen könnte. Es gab so viele Schicksale unten auf der Erde. Da fiel ihm etwas Wunderbares ein. Er rief alle seine kleinen Engel zu sich und verkündete voller Freude, was er vorhatte. »Meine kleinen Helfer, ich habe wieder einen Auftrag zu vergeben.« Die Engel klatschten, jubelten und freuten sich bereits jetzt, denn sie wussten dass der Herr auch schon den einen oder anderen von ihnen auserwählt hatte.

Er sagte: »Daniel, komme zu mir, ich habe dich auserwählt für diesen wunderbaren Auftrag.« Der kleine Engel war sehr erfreut darüber und lief über den glitzernden Boden zum Herrn. »Daniel, begib dich auf die Erde zur kleinen Marie und bringe ihr diesen Amethyst. Ihre Mutter ist schwer krank und muss vielleicht sterben.« Überall hörte der Herr die kleinen Engel Oh, nein, wie, warum, wie furchtbar, wie traurig und noch vieles mehr flüstern. Auch die Engel waren sehr berührt von dieser Botschaft.

Der Herr nahm Daniel zu sich und sprach: »Ich schicke dich auf diese Reise, da du die Botschaft des Auftrages aufgrund deines Namens bereits in dir trägst. Daniel heißt »Gott ist mein Richter« und du wirst der kleinen Marie sowie ihrer Mutter den Stein überbringen. Amethyst bedeutet auch Sinnbild für den Geist Gottes. Ich wünsche dir viel Glück und meinen Segen dafür.«

Zuerst wusste Daniel nicht, wie ihm geschah. Der Auftrag war traurig und auch er wurde traurig. Aber nein, das durfte er nicht sein. Der Herr wusste ja, warum er ihn auserwählt hatte, und so verwandelte sich seine Traurigkeit in Freude. Seine kleinen Freunde bereiteten bereits alles für seine Reise vor und dann nahmen sie noch ein köstliches Mahl zu sich. Alle freuten sich, dass Daniel diesen wunderbaren Auftrag bekommen hatte.

Schnell war sein kleines Köfferchen gepackt und die Reise konnte losgehen. Das Wolkenschiffchen stand parat und Daniel stieg ein. Er winkte seinen Freunden noch zu und ab ging es auf die große Reise. Vor lauter Freude schlug der kleine Engel Spiralen am Himmel, ehe er in den Wolken verschwand.

Unten auf der Erde lebte Marie. Sie war ein kleines, blondgelocktes Kind. Fröhlich und traurig zugleich. Fröhlich, da sie alles hatte, einen wunderbaren Platz zum Wohnen nämlich, einen großen Bauernhof, auf dem viele  Tiere lebten. Ja, Tiere waren Maries ganze Freude, vor allem ihr Pony Rosalie und ihr kleiner Hund Pauli. Rosalie war so schön anzusehen. Sie war ganz weiß und in der Sonne schimmerte ihr Fell wie ein Diamant.

 Pauli war witzig und immer gut drauf, spürte aber auch die andere Seite seiner kleinen Freundin, nämlich die Traurigkeit. Marie war traurig, da ihre Mutter sehr krank war. Sie lag im Bett und konnte nicht mehr viel tun oder auf dem Hof helfen.

Der Vater und Marie mussten vieles alleine machen. Der Vater hatte zwar Angestellte, die ihm halfen, aber die Mutter fehlte überall, ihr Lachen und ihre Leichtigkeit. Sie war stets zum Scherzen aufgelegt und das spürte jeder auf dem Hof. Nun lag sie da und konnte nichts mehr tun.

Marie lief über den Hof, um die Tiere zu versorgen. Diese spürten, wenn Marie über den Hof kam und wussten genau, dass es jetzt etwas zu essen gab. Das kleine Mädchen versorgte alle liebevoll und fürsorglich.

Als sie um die Ecke Richtung Weide kam, spürte Rosalie bereits aus der Ferne das Kommen des Mädchens. Stolz lief sie auf der Wiese hin und her. Der Schweif wehte im Galopp. Marie konnte das Schnauben und das leise Wiehern hören. Ach, wie schön war das anzusehen und Marie bekam Sehnsucht, mit Rosalie auszureiten. Doch das ging nicht. Erst musste der Hof versorgt werden und dann die Mutter. Danach konnte sie vielleicht noch mit Rosalie ausreiten, wenn es noch nicht zu dunkel war.

Denn es gab Tage, an denen Marie keine Zeit hatte, mit Rosalie auszureiten, aber dann saß sie still auf der Wiese und das kleine Pony ganz nah neben ihr und Pauli natürlich auch.

Nun gut, dachte sich Marie, jetzt wird erst mal alles versorgt und dann schauen wir weiter. Dennoch musste sie kurz bei Rosalie vorbeigehen und sie streicheln. Ihre Nüstern waren so weich und samtig. »Liebe Rosalie, ich verspreche dir, bald wieder zu kommen, und dann werden wir einen Ausflug ins Freie machen.«

Schnell lief das Mädchen zu den anderen Tieren und dann ins Haus zur Mutter. Ach, früher war es so schön. Wenn sie vom Füttern kam, standen die Milch und das Brot bereits auf dem Tisch. Oh, und das Brot, das duftete so köstlich, denn Mutter backte es immer frisch. Die Mutter hatte ihr viel gezeigt und einiges konnte sie auch schon selber machen, aber das Brot noch nicht. Das backte nun Vater oder die Großmutter, die nun seit einiger Zeit mit auf dem Hof lebte, um die Arbeit der Mutter im Haus zu übernehmen.

Marie bereitete das Frühstück vor und rief die Großmutter und den Vater zu Tisch. Die beiden kamen meist auch sehr schnell, da es ihnen wichtig war, gemeinsam zu essen. Denn es gibt nichts Schöneres als gemeinsam am Tisch zu sitzen und zu essen und miteinander zu reden. Marie liebte diese Gespräche, aber Mutter fehlte sehr am Tisch und so war es teilweise sehr still beim Essen.

Jeder war in seine Gedanken versunken. Doch eines fehlte nie. Sie nahmen sich immer in den Arm oder an den Händen, bevor sie miteinander aßen.

Heute ging es der Mutter wieder schlecht und da waren die drei alle gleichermaßen traurig. Nach dem Essen räumte Marie den Tisch ab und spülte das Geschirr. Der Vater las noch die Zeitung, bevor er wieder auf den Hof zurückkehrte. Er hatte noch viel zu tun.

Nach dem Abwasch schaute Marie noch wie jeden Tag bei der Mutter vorbei. Die Großmutter versorgte sie gerade. Das kleine Mädchen lief ans Bett und schaute zu. Die Mutter war ganz still dabei, stöhnte leise, da jede Bewegung sehr anstrengend für sie war. Doch Marie fühlte, dass es der Mutter guttat. Oft saß sie dann schweigsam bei der Mutter am Bett. Es gab Tage, da konnte die Mutter mit ihr reden, nicht viel, aber so, dass Marie glücklich dabei war.

Heute war wieder so ein Tag der Ruhe und das kleine Mädchen saß am Bett und hielt ihre Hand. Die Augen waren geschlossen und die Mutter atmete ruhig. Sie fühlte, dass das Kind bei ihr war und tief im Herzen war da dieses schöne Gefühl. Ja, die beiden hatten eine wunderbare Beziehung zueinander, Marie konnte ihr alles erzählen und Mutter lauschte auf jedes einzelne Wort. Alles war ihr wichtig, was ihr kleines Mädchen von sich gab. Und in diesen Momenten vergaßen sie die Welt um sich herum und genossen sich beide von Herzen.

Natürlich war Pauli immer mit dabei, so wie auch jetzt. Der kleine Hund spürte diese ruhige Energie ebenfalls. Er legte sich zu Füßen der Mutter. Marie beobachtete die Züge in ihrem Gesicht, wie hübsch sie aussah, als ob sie schliefe. Doch ein leichtes Zwinkern um ihre Augen war erkennbar. Still und schweigsam blieb Marie eine Weile sitzen. Dann stand sie auf, küsste die Mutter auf die Stirn und ging aus dem Raum. Draußen im Hof kullerten ihr die Tränchen über die Wangen. *Mutter, du fehlst mir so,* dachte Marie.

Draußen schien herrlich warm die Sonne und Marie machte sich auf den Weg zu Rosalie. Ihr konnte sie alles erzählen und das kleine Pony stellte jedes Mal seine Ohren auf und lauschte. Marie lief in den Stall und wollte Zaumzeug und Sattel holen, überlegte es sich jedoch anders und machte sich schnell auf den Weg zu ihrem Pony. Rosalie war so erfreut, Marie zu sehen, wieherte laut und galoppierte dem Mädchen entgegen.

Das Pony blieb vor ihrer Freundin stehen und wartete, bis Marie auf ihr saß. Langsam und behutsam trabte Rosalie von der Koppel. Am Wiesenrand wartete Pauli bereits auf sie und die drei machten sich auf den Weg. Die Ausflüge mit den beiden waren immer wunderbar. Es ging über Wiesen und Bäche und stets begegneten ihnen viele Tiere auf ihrer Wanderschaft. Das kleine Pony war so erfreut über diesen Ausritt, dass es tänzelte, ja man konnte es regelrecht spüren, wie glücklich es war mit Marie und Pauli.

Nach dem sie eine Weile geritten waren, sah das kleine Mädchen in der Ferne eine große Wiese, da wollte es hin. Die Wiese war umgeben von Hügeln und wilden Bächlein. Es war wunderschön dort. Marie gab Rosalie ein Zeichen anzuhalten und stieg ab. Sie setzte sich auf die Wiese und sah sich um. Wie herrlich es hier doch war.

Blumen in allen Farben, große und kleine, und jede duftete anders. Schmetterlinge und Bienen flogen um sie herum und labten sich am köstlichen Nektar. Auch während das Mädchen im Gras saß, wurde sie von Schmetterlingen umtänzelt. Marie streckte ihre Hände aus und kleine Schmetterlinge setzten sich nieder. Die Flügel waren zart wie Seide und schimmerten wie kleine Diamanten in der Sonne. Das kleine Pony war entspannt und knabberte vorsichtig am zarten Gras, um die kleinen Blumen nicht zu verletzen. Pauli saß neben Marie und war völlig glücklich und relaxed.

Nach einer Weile spürte das kleine Mädchen eine wohlige Müdigkeit und legte sich nieder, um einfach nur kurz die Augen zu schließen. Kurzum sie schlief ein und Pauli mit ihr, sie hatte aber immer die Ohren offen, falls etwas Ungewöhnliches geschehen sollte.

Das war auch die Zeit, als Daniel endlich auf der Erde ankam. Er landete nicht weit entfernt von der Wiese und konnte alle drei beobachten. Ach, wie schön war das anzusehen. Der kleine Engel war so erfreut darüber.

Daniel flog näher und näher und setzte sein Wolkenschiffchen fast neben Marie ab. In ihrem Traum konnte er erkennen, dass Marie ihn wahrnahm. Das kleine Mädchen schlief tief und fest und das tat ihr gut. Rosalie schaute auf und lief über die Wiese zu ihr. Schnupperte an ihrem Haar und ihre Nüstern gaben ihr ein Küsschen auf die Wange.

Daraufhin wachte Marie auf und schaute in die großen Kulleraugen ihres Ponys. *Ach herrje, bin ich etwa eingeschlafen,* dachte sie. Schnell setzte sie sich auf und dachte, sie habe das alles nur geträumt. War da nicht ein Engel in ihrem Traum? Ein leichter Hauch umgab sie und da, ja da war doch irgendetwas. Marie rieb ihre Augen, um sicher zu sein, dass sie nicht träumte. Sie zwickte sich, zog an ihren Haaren, aber es war Realität, denn ein Engel schaute sie an. Daniel musste schmunzeln, er beobachtete gerade jede ihrer Bewegungen.

»Hallo, wer bist du?«, fragte Marie.

»Ich heiße Daniel und bin ein Botschafter Gottes. Ich habe den wunderbaren Auftrag erhalten, dir zu helfen.«

»Oh, mir zu helfen? Ja, aber warum? « fragte Marie.

»Liebste Marie, ich wurde auserwählt, um dir und deiner Mutter den Stein der Klarheit im Denken und Handeln sowie Wachheit und inneren Frieden zu bringen. Ebenfalls sorgt er für einen entspannten Schlaf, gute Träume und für eine verstärkte Intuition.«

Marie traute ihren Ohren nicht, als sie das hörte, ein Stein für Klarheit, gute Träume und Intuition. »Was ist Intuition?«", fragte Marie den kleinen Engel.

Daniel antwortete: »Intuition ist die Stimme unserer Seele, die Weisheit der inneren Stimme, stets deinem Herzen zu lauschen und zu folgen und deinem Bauchgefühl zu vertrauen. Sie ist ein göttliches, heiliges Geschenk. Sie ist ein ständiger Begleiter, die uns durch Höhen und Tiefen des Lebens führen kann. Sie unterstützt dich, deinen eigenen Weg zu gehen und stimmige Entscheidungen zu treffen.«

Marie lauschte ihm nachdenklich. Daniel fügte noch hinzu: »Höre einfach stets auf dein Herz, Kleines.«

Nun war sehr viel Zeit vergangen und es fing schon an zu dämmern. O mein Gott, dachte Marie, so lange war ich noch nie fort vom Hof. Sie rief Rosalie und Pauli, setzte sich auf ihr Pony und sagte ihm, dass es nun nach Hause gehe. Das Mädchen verabschiedete sich noch von Daniel und freute sich im Herzen, dass sie ihn bald wiedersehen würde. Die beiden winkten sich zu und dann ritt Marie davon.

Nun musste sich Daniel aber sputen, bevor es dunkel wurde. Er blickte sich um, konnte aber nicht erkennen, wo er den Stein finden sollte. Doch in der Ferne erblickte er einen See, aus dem das Bächlein floss. Der kleine Engel machte sich auf den Weg dorthin. Am See angekommen sah er einen wunderschönen, glitzernden Wasserfall aus dem Berg fließen. Er schimmerte in allen Regenbogenfarben. Dort musste er hingehen, aber wo genau sollte er den Stein nur finden?

Da sah der kleine Engel durch den Wasserfall hindurch und erkannte einen Durchgang. Ob er da einfach hineingehen konnte? Aber wie? Viele kleine Kristallelfen umflogen ihn und riefen: »Daniel, Daniel, denk nach, es ist gar nicht so schwer hineinzukommen.«

Er überlegte eine Weile und da fiel es ihm ein. Ja, das war es. Wunderbar! Er klatschte in seine Händchen und sagte: »Öffne dein Herz für die Liebe zu dir selbst.« Und siehe da, der Vorhang lichtete sich und Daniel konnte eintreten. Hinter dem Wasserfall glitzerte es noch viel mehr und in allen Farben. Ein wunderschönes Bild präsentierte sich ihm. Die Farben waren herrlich anzusehen. Doch er brauchte die richtige Farbe und ein Amethyst zeigt sich in allen Schattierungen der Farbe Lila. Der kleine Engel suchte sich die schönsten Steine aus, die am meisten glitzerten, obwohl einer schöner als der andere war.

Er hatte eine gute Wahl getroffen. So konnte Daniel diesen schönen Ort wieder verlassen und sich auf den Weg zu Marie machen. Er bedankte sich noch bei den Kristallelfen für die Erlaubnis, ihr Reich zu betreten. Als er wieder durch den Wasserfall trat, war es bereits dunkel. Schnell setzte er sich in sein Wolkenschiffchen und machte sich auf den Weg.

Marie war natürlich schon dort. Der Vater und die Großmutter warteten bereits auf sie. Sie freuten sich, sie zu sehen, und waren nicht böse, wegen ihres Ausfluges. Das Abendessen stand bereits auf dem Tisch. Sie setzten sich und Marie erzählte von ihrem herrlichen Tag. Die beiden hörten ihr mit offenem Herzen zu und waren glücklich, dass es Marie heute gut ging, auch wenn das Ganze von einer großen Traurigkeit überschattet war.

Nach dem das Geschirr abgewaschen war, ging Marie in ihre kleine Stube, sagte gute Nacht und legte sich in ihr Bettchen. Sie faltete die Hände und betete wie jeden Abend ihr kleines Gebet:

Nun bin ich müde, der Tag war lang. Für alles Schöne sag ich Dank. Nur Eines, lieber GOTT, das bitte ich dich, behüte Mama, Papa, Großmama, den kleinen Engel Daniel, der mir heute begegnet ist, Rosalie, Pauli und alle, die mir lieb sind, und natürlich mich. Gute Nacht!

Ja, Marie betete jeden Abend, das war ihr ganz wichtig.

Und Dankbarkeit ist eine Tugend, denn nicht die Glücklichen sind dankbar. Es sind die Dankbaren, die glücklich sind.

Marie schlief sofort ein und war bald in einem tiefen Traum gefangen. Dort begegnete sie wieder ihrem kleinen Freund Daniel, denn er kitzelte sie an den Zehen. Sie blinzelte, setzte sich vor Freude auf und war so glücklich, ihn wieder zu sehen.

Daniel erzählte ihr, was er noch erlebt hatte, und holte nun aus seinem Täschchen die wunderschönen Steine hervor. »Liebste Marie, ich übergebe dir nun die beiden Steine, einen für dich und einen für deine Mama. Sie tragen folgende Botschaft für dich: Öffne dein Herz jeden Tag viele Male aufs Neue. Einfach indem du es beschließt, wird es geschehen.«

Das kleine Mädchen war überwältigt von dieser schönen Botschaft. Sie plauderten noch eine Weile und dann konnte Marie weiterschlafen. Daniel verabschiedete sich von seiner kleinen Freundin, umarmte sie noch und verließ die kleine Stube. Auch er war müde und wollte sich auf den Heimweg machen.

Am anderen Morgen lief Marie schnell in das Zimmer der Mutter, um nach ihr zu schauen. Die Mutter fühlte, dass ihr Kind im Zimmer war und schaute kurz auf. Marie lief ans Bett und umarmte die Mutter, weil sie dachte, es gehe ihr wieder besser.

Doch die Mutter sagte zu ihr: »Mein liebes Kind, ich danke Gott für die schöne Zeit mit dir. Du bist die Sonne meines Lebens und meines Herzens. Jeder Tag mit dir war eine Bereicherung für mich. Ich konnte vieles von dir lernen. Deine Liebe, deine Leichtigkeit und deine Freude. Doch heute Nacht begegnete mir ein kleiner Engel namens Daniel, der mir eine Botschaft brachte.

Daniel heißt Gott ist mein Richter und er wird mich nun zu sich holen. Sei nicht traurig, geliebtes Kind. Ich werde nun eine wunderbare Reise machen, zu Gott und zu den Engeln und umgeben sein von Licht und Liebe. Daniel gab dir einen wunderschönen Stein, den legst du auf mein Grab, damit wir immer miteinander verbunden sind. Der Stein hilft dir auch beim Überwinden von Trauer und deinem Verlust. Doch keine Angst, liebe Marie, unsere Herzen werden sich nie voneinander trennen. Doch ich bin müde geworden, der Herr hat nun einen anderen Auftrag für mich.«

Mutter sprach leise, auch als Vater und Großmutter in den Raum kamen. Sie nahmen Marie in die Arme und gaben ihr Trost.

»Nein, nein liebe Mama, du darfst nicht gehen. Ich will keinen Stein, keinen Engel, keinen Gott, der dich mir wegnimmt«, schrie sie.

Doch die Mutter lächelte und sagte: »Höre auf dein Herz, Kleines. Hab keine Angst, der Herr ist nicht böse, die Engel sind die göttlichen Helfer. Dort, wo ich jetzt hingehe, ist Ruhe und Frieden. Die Liebe in dir und mir wird niemals enden.«

Marie weinte, sie war so traurig, aber tief im Inneren wusste sie, dass sie nichts mehr tun konnte. Wenig später schlief die Mutter ein, sie war so wunderschön anzusehen. Vater und Großmama nahmen Marie in die Arme und verließen den Raum, damit die Seele der Mutter in Ruhe gehen konnte. Der Schmerz war groß, der Verlust der Mutter spürbar, auch bei Vater und Großmutter. Doch alle drei wussten schon lange, dass es mit Mutter zu Ende ging, die Krankheit war zu mächtig.

Daniel konnte dies alles mit ansehen. Es machte auch ihn sehr traurig, aber er wusste, dass jeder Lebensweg der auf der Erde wandelnden Seelen eines Tages vorbei war und dann kehrten alle zurück in die Herrlichkeit. In Gedanken sendete er Marie noch den Satz: »Öffne dein Herz für die Liebe zu dir selbst«.

Die Liebe zu dir selbst darfst du niemals vergessen, denn DU bist so, wie DU bist, und kein anderer hat das Recht, dich zu verbiegen, zu verformen oder zu verändern. Wir alle sind Individuen und jeder Einzelne von uns wurde so geschaffen. Denn Gottes Garten ist voller Blumen und jede kann unterschiedlicher nicht sein.

Das kleine Häuschen

Ich weiß ein kleines grünes Haus, ein Tier mit Hörnchen schaut heraus. Das nimmt bei jedem Schritt und Tritt, sein Häuschen auf dem Rücken mit ... (Alter Kinderreim)

Wir tragen alle ein Häuschen auf unserem Rücken und in unserem Herzen. Mal ist es leicht und voller Freude und wir wagen uns ganz weit heraus, mal ist es schwer und voller Kummer, Sorgen, Leid und Schmerz und wir ziehen uns darin zurück. Manchmal halten wir ein wohliges Schläfchen in unserem Häuschen, denn wir sind ja geborgen und beschützt. Manchmal, wenn ein Sturm aufkommt, dann wackelt es anständig im Häuschen.

Dann gibt es Momente, in denen wir unser Häuschen mal wieder ordentlich aufräumen und alten Ballast entsorgen müssen damit es wieder leichter wird in uns und die Sonne hell hereinscheinen kann.

Auch ich habe ein Schneckenhäuschen, das mir viel zeigt. Mut, Freude, Liebe, Glück, Glaube, Licht und noch vieles mehr, aber ich kenne auch die dunklen Seiten, die mir auch mal Angst machen. Doch tief im Herzen weiß ich, dass ich immer behütet, geborgen und beschützt bin. In diesem Sinne wünsche ich euch einen Gedanken, den ihr gerade auf dem Herzen habt und der euch die Möglichkeit gibt, aus euch herauszukommen. Lebt diesen Gedanken oder bewahrt und behütet ihn erst einmal in eurem Inneren.

Das kleine Körnchen

Es war einmal ein kleines Körnchen, das darauf wartete, erweckt zu werden. Voller Freude und Glück war es. Immer wieder sprach es: »Hallo, liebes Erdenkind, hörst du mich?« Und hüpfte und tanzte und klatschte vor Freude in seine Händchen. Eines Tages kam ein helles Licht auf das Körnchen zu und es wurde heller.

Kann es sein, dass ich nun erwache? Das Licht wurde immer heller und heller. Es kribbelte und krabbelte überall. Das Erdenkind hatte einen wunderbaren Gedanken gedacht und es fühlte sich so wunderbar an.

Voller Liebe, voller Hoffnung und voller Tatendrang. Das Körnchen saugte dieses Gefühl geradezu auf und wurde größer. Die Energie wurde immer stärker. Ja, ja, ja, jubelte das kleine Körnchen ... mehr, mehr und noch mehr. Es fühlte regelrecht, wie das Erdenkind dem Gedanken immer mehr Energie gab.

Wir pflanzen täglich Körnchen in unserem Herzen mit unseren Gedanken. Gute und schlechte. Einige bekommen viel Energie und andere können wir wieder ziehen lassen. Jedes einzelne Körnchen bekommt seine Aufmerksamkeit. Alles, was wir säen, werden wir ernten. Gutes und Schlechtes. Unsere Gedanken bestimmen den Weg des Lebens. Nicht andere machen das, sondern wir allein. Je mehr Macht ein Gedanke erhält, umso größer wird er wachsen. Doch wir können jederzeit umkehren und unsere Denkweise verändern.

Bleibe in der LIEBE und in der Dankbarkeit. Wann hast du dich das letzte Mal von Herzen bedankt? Fühle die Leichtigkeit der kleinen Körnchen, wie sie aufsteigen und mit LIEBE genährt werden wollen.

Natürlich haben wir auch Gedanken, die uns nicht umkehren lassen wollen, und wir verharren darin. Diese machen uns traurig, wütend, machtvoll und rechthaberisch. Doch das entspricht nicht der Liebe in unserem Herzen. LIEBE ist das höchste Gut der Erde. Mit LIEBE verändern wir uns selbst und dann verändert sich auch dein Umfeld.

Asniel, der kleine Engel der Glückseligkeit

Einst gab es einen kleinen Engel, sein Name war Asniel. Sein Herz war voller Glückseligkeit, voller Freude, voller Tatendrang und voller Liebe. Nichts konnte ihn bremsen, nichts aufhalten und nichts erschüttern. Die Tage vergingen wie im Flug. Das kleine Engelchen wollte aber wissen, ob es nicht noch etwas anderes gab auf dem Planeten Erde. Und so machte es sich auf den Weg, die Erde zu erkunden.

Schnell aufs Wolkenschiffchen gesetzt und los ging die Reise. Hui, wie geschwind der Wind das Schiffchen trug. Es wirkte wie auf einer Achterbahn. Asniel quietschte vergnügt und musste sich dennoch festhalten. Von oben sah alles so schön aus. Winzig klein und kunterbunt. Doch das Schiffchen näherte sich immer mehr der Erde und Asniel machte sich bereit zur Landung. Er setzte auf einer herrlich grünen Wiese auf, die mit bunten Blumen geschmückt war. In der Ferne glitzerte ein See, der wirkte, als lägen Millionen von kleinen Sternchen auf ihm. Asniel stieg aus und tapste mit seinen kleinen Füßchen auf die Wiese. Es fühlte sich so kuschelig an und kitzelte die Füßchen.

Der kleine Engel war voller Freude und so herrlich glücklich vergnügt. Auf seinem Weg über die Wiese entdeckte er in der Ferne einen kleinen Ort. Dort wollte er hingehen. Doch je näher er kam, umso mehr spürte Asniel eine seltsame Energie. Ja, es wirkte geradezu erdrückend. Was war nur los hier, stellte er sich innerlich die Frage. Aber Asniel hielt das nicht davon ab, dem Örtchen näher zu kommen. Und jetzt sah er die Menschlein, die gebückt, gedrückt und traurig umherliefen. Es schauderte den kleinen Engel und eine Gänsehaut lief über seinen kleinen Körper.

»Hallo, hallo«, rief er, aber niemand hörte den kleinen Engel. Seltsam, dachte Asniel. Er spürte keine Freude, keine Leichtigkeit, nichts von dem, was Asniel alles in sich trug. Was soll ich nur tun, fragte sich der kleine Engel.

Auf einmal kam ihm eine brillante Idee. Er flog über diese Traurigkeit und verteilte Sternen- und Glitzerstaub, der mit Freude, Liebe und Leichtigkeit gefüllt war. Es glitzerte, funkelte und glänzte im ganzen Örtchen. Man konnte sehen, wie hell das Dörfchen wurde und wie die Menschen begannen, aufrecht zu gehen, nicht alle, aber doch einige.

Es ist wie im wahren Leben. Jedem begegnet das Glück, die Freude, die Liebe und die Leichtigkeit stets anders. Jeder geht anders damit um. Manche brechen aus vor Freude oder in Tränen aus, sie lachen und tanzen und manche nehmen es still zur Kenntnis. Dann wiederum gehen viele aufrecht durchs Leben und einige brauchen eine Weile, um es zu verstehen. Und dann gibt es einige unter uns, die glauben, es nicht verdient zu haben. Doch ich bin davon überzeugt, jeder Einzelne von uns hat Glückseligkeit verdient.

Vertraut darauf, das Glück begegnet euch auf vielen Wegen. Vielleicht so wie bei Asniel oder bei Menschen, die uns begegnen. Denn auch hier auf unserem Weg begegnen wir vielen Menschen, die uns ein Stück des Weges begleiten oder ein Leben mit uns verbringen. Ich sage immer, was gerne bei mir bleibt, wird bleiben, und was sich von mir lösen möchte, wird gehen. Das ist gut so und das brauchen ICH und DU zum Lernen und Loslassen.

So fühlte sich Asniel an diesem Tag auch. Er hatte alles gegeben, was in seiner Macht stand, und war sehr mit dem Ergebnis zufrieden. Er wusste, er würde wiederkommen und noch mehr Menschlein berühren. Also begab er sich wieder zurück auf sein Wolkenschiffchen und flog in den Himmel.

Denk dran, immer wenn es dich an der Nase kitzelt oder am Körper kribbelt, dann könnte der kleine Engel der

Glückseligkeit bei dir Sternenstaub gestreut haben. In diesem
Sinne wünsche ich dir einen glückseligen Tag.

Salome

Es war einmal ein kleiner Engel namens Salome. Sie wollte schon immer eine Prinzessin sein. Doch irgendwie wollte es nicht klappen. Sie war zu klein und die Krone zu groß. Tief im Herzen wusste der kleine Engel aber, dass der Tag kommen und ihr die Krone passen würde.

Salome wuchs heran und betete jeden Tag für ihren Wunsch. Eines Tages öffnete sich eine wunderbare Türe und Salome sah ein
kristallklares Licht und eine Stimme sprach: »Liebe Salome, ich beobachte dich nun schon eine ganze Weile. Dein Weg war nicht immer leicht, aber du bist ihn tapfer gegangen. Dein tiefer Glaube an das Göttliche soll dich nun belohnen.«

Der Engel klatschte vergnügt in seine Hände und lauschte weiter.

»Gehe deinen Weg weiter, es wird alles zu deinem Besten geschehen. Das Licht und die LIEBE werden dich immer begleiten.«

Salome wusste gar nicht, wie ihr geschah. Die Stimme sprach weiter: »Gehe weiter und folge dem weißen Strahl in deiner Nähe. Dort stellst du dich darunter.«

Sie tat so, wie es ihr geheißen wurde. Salome war so gespannt, was sie erwartete, und stellte sich unter den Strahl. Ein helles wunderbares Licht umgab sie und eine wunderbare Krone erschien und legte sich sanft auf ihr Köpfchen. Sie konnte regelrecht die Schönheit fühlen. Ihr Herz pochte vor Freude. Sie trat unter dem Strahl hervor und entdeckte in sich die kleine Prinzessin. Sie bedankte sich von Herzen und kehrte zurück.

In jedem von uns steckt eine Prinzessin oder ein Prinz. Sind wir nicht alle wunderbar? Der tiefe Glaube in uns bringt uns ans Licht.

Jeder von uns trägt einen Glauben in sich. Jeder von uns hat den freien Willen dorthin zu gehen, wohin er möchte. Das Leben bietet viele Möglichkeiten und Wege an. Gehen müssen wir sie selber, aber wir können nur einen Weg gehen und das ist der eigene. Menschen werden unsere Wege kreuzen und ein Stück mit uns gehen oder für immer bleiben. Diejenigen, die gehen, dienten unserer Aufgabe und diejenigen, die bleiben, dienen unserem Wachstum.

Glaube daran, es gibt viele, die hier sind, um dir ins Wachstum zu helfen. Vergiss niemals die Krone auf deinem Kopf, wir tragen sie alle.

Glaube an dich.

Die kleine Mariposa

Es lebte einst das kleine Sternenkind Mariposa auf dieser Erde. Ihr Leben war erfüllt von Liebe, Freude, Glück und Harmonie. Sie war das glücklichste Sternenkind, das man sich vorstellen konnte. Sie liebte es, über die Wiesen zu tollen und den Sternenstaub mit sich zu ziehen. Es mangelte ihr an nichts. Mariposa war immer bereit, etwas Neues zu entdecken, und sie hatte einen göttlichen Auftrag.

Denn der Herr wollte, dass sie die Menschen lehrte, für sich einzustehen. Ach, wie sollten sie das denn machen, dachte sich das kleine Sternenkind. Da kam ihr eine Idee ... *Liebe Leser, kommt mit und lasst euch entführen.*

Mariposa lief über die Wiesen und ein großer Schwarm Sternenstaub mit ihr. Es gibt viele Dinge im Leben, die wir tun, Überlegtes und Unüberlegtes. Es gibt Dinge, die wir tun, um uns zu verändern, damit wir auf unserem Weg weiterkommen. Und genau diese Dinge machen uns auch Angst. Aber Angst bremst uns aus. Angst darf keine Macht bekommen, denn unser Weg ist vorgegeben. Es gibt nur einen, der jeden einzelnen Schritt von uns kennt.

Und das wusste Mariposa. Ihre kleinen Schritte führten sie über die göttlichen Wege und sie war erfüllt davon. Getragen von tiefem Glauben sagte sie: »Hört, ihr Menschenkinder, nichts kann euch aufhalten, jeder eurer Schritte, ist euer eigener Wille und es wird euch niemand verurteilen.«

Das kleine Sternenkind streute Sternenstaub über die Menschenseelen und war sehr vergnügt darüber. Jedes Staubkörnchen setzte sich an irgendeiner Stelle ab, wo es gerade gebraucht wurde, um Heilung zu bringen. Auch für diejenigen, die ihren Alltag gerade komplett umkrempeln und nicht wissen, was kommt. *»Aber glaubt mir liebe Erdenkinder, es kann sich nur Neues zeigen, wenn ihr bereit seid, Altes gehen zu lassen.«*

Mariposa war so glücklich, eine gute Tat vollbracht zu haben, und machte sich auf den Rückflug Richtung Himmel, zu Gott und ihren Lieben. Auch der Herr war wieder glücklich darüber, etwas Wunderbares getan zu haben, und dass das kleine Sternenkind seinen Auftrag so wunderbar erfüllt hatte.

Wo stehst du gerade? Ist dein Alltag erfüllt? Bist du glücklich in deinem Job oder hast du andere Vorstellungen? Wer kann es ändern? Nur DU. Wir orientieren uns immer an der Sicherheit, doch tief im Inneren wissen wir genau, was gut für uns ist – wenn da nur nicht die Angst wäre.

Ich streue euch heute auch etwas Sternenstaub über eure Gedanken, über eure Wunden und über eure Ängste.
Möge der Wind sie dorthin tragen, wo sie aufgelöst werden.
Und denkt dran: Sternenkinder gibt es überall.

Ein Märchen, das erzählt werden wollte

Wieder einmal machte sich Gott Gedanken über eine neue Botschaft für einen seiner Engel. Er brauchte nicht lange zu überlegen und die Wahl traf Gabriel.

»Mein lieber Gabriel, ich erteile dir den Auftrag, Frieden auf die Erde zu bringen. Dazu machst du dich auf die Reise und bringst den Stein »Angelit« mit, es ist der Stein des Friedens.«

Gabriel klatschte vergnügt in seine Händchen und freute sich soooo sehr darüber, diese tolle Botschaft mitbringen zu dürfen. Schnell war sein Köfferchen gepackt und das Wölkchen wartete schon auf ihn. Er nahm Abschied von seinen Kameraden und war so stolz darauf.

Gabriel flog los, er wusste gar nicht, wohin er sein Wölkchen lenken sollte. Hin und her, auf und ab. Oje, wohin soll ich denn nur fliegen, dachte er grübelnd. Dann sah er in der Ferne einen wunderschön gelegenen See. Dieser schimmerte und glitzerte wie ein Edelstein.

Freudig landete er mit seinem Wölkchen auf der grünen Wiese. Hier wuchsen die schönsten Blümchen, die man sich nur vorstellen konnte. In allen Farben und Formen. Hier muss wohl ein ganz besonderer »Gärtner« am Werk gewesen sein. Gabriel konnte die Liebe fühlen, die die Blümchen ausstrahlten.

Sanft schaukelten sie im Wind und es kam ihm vor wie ein Tänzchen. Belustigt schaute er dem Ganzen eine Weile zu. Doch bevor die Blümchen ihn in den Schlaf wiegten, erinnerte er sich an den Auftrag seines Herrn.

Liebevoll verabschiedete er sich von den Blümchen und machte sich auf den Weg zum See. Dieser hatte so eine wunderbare blaue Farbe. Da fiel es ihm ein. Er griff mit seiner Hand in den See und eine Handvoll Steine füllte seine Händchen. Die Steine waren so blau wie der Stein Angelit. Schnell suchte er in seinem Köfferchen nach einem Säckchen, um so viele Steine wie möglich mitnehmen zu können.

Gabriel war so glücklich darüber und voller Freude liefen ihm kleine Tränchen über seine Bäckchen. Er fühlte bereits jetzt den inneren Frieden. Überglücklich setzte er sich auf sein Wölkchen und flog über die Erde. Im Herzen rief er laut »Menschen, Menschen, ich komme, um euch den Frieden zu bringen.«

Ach, wie sollten sie mich denn hören, dachte sich der kleine Engel. Doch dann sah er ein kleines Menschenkind auf der Erde, mitten auf dem Dorfplatz an einer großen Tanne mit vielen Lichtern und Glitzersternchen stehen. Der Weihnachtsbaum war festlich geschmückt und herrlich anzusehen.

Gabriel landete sanft und stieg von seinem Wölkchen herab. Das kleine Menschenkind bestaunte den wunderschönen Baum und Gabriel hörte, wie das Kind zum Baum sprach.

»Mein lieber Baum, wann ist wieder Frieden auf der Erde? Wann können wir einander wieder vertrauen? Mama und Papa streiten sehr oft und meine Geschwister mögen mich auch nicht.«

Der kleine Engel war berührt von diesem Schmerz und ging auf das Kind zu.

»Mein Kind, ich habe deine Worte gehört und deinen Schmerz gefühlt. Ich möchte dir helfen.«

»Wer bist du?«, fragte das Kind erstaunt. »Ein Engel?«

»Ja, ich bin Gabriel und mein Vater hat mich mit einer Botschaft auf die Erde gesandt, um wieder Frieden zu bringen. Frieden fängt im Herzen an. Frieden fängt bei dir selbst an. Nur wenn du in Frieden und Liebe mit dir selbst lebst, dann kehrt auch Frieden in dein Umfeld ein.«

Das kleine Menschenkind hörte neugierig zu und fragte dann Gabriel: »Was kann ich tun?«

Gabriel antwortete: »Ich habe hier ganz viele Steine von einem wunderbaren See in den Bergen mitgebracht. Es sind Angelite und es sind Steine des Friedens. Nimm dir so viele Steine aus meinem Säckchen, wie du benötigst, und verteile sie an all deine Lieben, an all die Menschen, die Frieden brauchen.«

Das Kind stutzte. Es verstand nicht, was ein Stein ausrichten konnte, um Frieden zu bringen. Gabriel spürte die Gedanken und sagte: »Geh heim, geliebtes Kind, und beginne dort. Gib jedem ein Steinchen und lass ihn fühlen. Doch bedenke, jeder fühlt anders und jeder braucht seine Zeit für Veränderung. Aber glaube mir, ein Körnchen wird vieles erreichen, wenn es zur richtigen Zeit gelegt wird.«

Dabei musste der kleine Engel schmunzeln und dachte an die Blümchen auf der Wiese.

Das Kind nahm die Steinchen und wollte sich auf den Weg nach Hause machen. Da warteten die Mutter und all die anderen auf das feine Essen, das es trotz allem jedes Jahr zu Weihnachten gab.

Der kleine Engel war so glücklich, dass das Menschenkind es versuchen wollte. Gabriel gab ihm noch einen letzten Rat und Gruß mit auf den Weg.

»Achte immer auf dich und deine Gefühle. Bleibe so, wie du bist, denn genau so wollte dich der Schöpfer. Es ist egal, was die anderen über dich reden oder sagen. Du bist kein Zufall, sondern ein gewolltes Kind Gottes. Genauso hat er dich und deine Lieben geschaffen. Jeder von euch hat seine Berechtigung hier zu sein. Gott schuf einen großen Garten, wie er unterschiedlicher nicht sein könnte. Halte und bewahre dir immer die Liebe im Herzen. Denn die Liebe brauchst du, um Frieden zu halten. Geh nun, mein geliebtes Kind, geh heim und verteile deine Steinchen, sie werden das Übrige tun.«

Mit schnellen Schritten lief das Kind nach Hause und verteilte überglücklich seine Steinchen. Es beobachtete, wie jedes seiner Familienmitglieder voller Gedanken und Fragen auf die Steinchen schaute. Aber es sollte nicht seine Sorge sein. Es hatte Samenkörnchen gesät.

Gabriel betrachtete das Ganze von außen und es wurde ihm warm ums Herz. Jetzt konnte er wieder auf sein Wölkchen steigen und heimfliegen. Zuhause angekommen klatschten alle kleinen Engel in ihre Händchen und gratulierten Gabriel zu dieser schönen Geschichte. Auch Gott war sehr glücklich darüber, dass ihm wieder einmal etwas gelungen war, und er nahm Gabriel liebevoll in seine Arme.

Auriel und der Aquamarin

Auriel lag noch ganz benommen auf seinem Wolkenbettchen. Die Nacht war so schön und er hatte einen wunderbaren Traum. Er sollte sich auf die Reise machen und einen Heilstein, einen Kristall suchen. Aber es gab doch so viele. Welcher sollte es sein und wohin führte ihn die Reise, weg von seinen Freunden und von seinem Zuhause? Und warum er? Es waren doch noch andere Engel da. Warum hatte der »Herr« ihn auserkoren?

Alle diese Fragen beschäftigten ihn sehr. Aber dennoch reckte und streckte er sich und stand auf. Auriel überlegte und dachte nach, welchen Namen der Stein in seinem Traum hatte. Auf einmal fiel es ihm wie Sternschnuppen von den Augen. Er sollte einen Aquamarin suchen. Tiefblau und herrlich schimmernd sollte er sein und die Botschaft lauten, welche Heilwirkung der Stein in sich trägt. Puh, das war für den Anfang ganz schön viel. Aber Auriel freute sich schon sehr auf die Reise.

Denn wie ihr bereits schon wissen werdet, haben Heilsteine eine ganz besondere Wirkung auf unseren Körper. Jahrtausendelang setzte man Kristalle ein, um zu heilen und Körper, Geist und Seele auszugleichen. Heiler und Schamanen wussten von der Heilkraft der Steine. Sie wirken entweder beruhigend oder anregend. Manche Kristalle heilen schnell, während andere sehr viel langsamer arbeiten. Sie können auf der körperlichen, geistigen und seelischen Ebene heilen.

Das alles wusste Auriel, aber er hatte auch Angst davor, den Stein nicht zu erkennen oder zu finden. Er ging in die Engelsküche zu seinen Freunden und erzählte von seinem Traum und seinem Auftrag. Sie freuten sich für ihn und wünschten ihm Glück und Erfolg. Auriel wurde mit dem köstlichsten Frühstück aller Zeiten versorgt und bekam noch Wegzehrung mit. Denn schließlich wusste ja keiner, wie lange er fortbleiben würde oder wie weit sein Weg war. Das Frühstück war herzhaft und Auriel gefiel es auf einmal sehr, dass er einen wichtigen Auftrag hatte.

Das Köfferchen war schnell gepackt und sein Wolkenschiffchen stand auch bereit. Er verabschiedete sich von seinen Freunden und flog davon.

Zuerst wusste er gar nicht, in welche Richtung er fliegen sollte. Auf oder ab, rechts oder links. Es war ihm schon ganz schwindelig. Wie sollte er sein Ziel finden, dachte er.

Auf einmal hielt das Auto mit einem heftigen Ruck an und Auriel wäre fast herausgefallen. Er schaute sich um, vor ihm lag eine große, bunte Wiese. Irgendwo hörte er das Plätschern von Wasser. Er ging über die Wiese, bewunderte die bunten Farben der Blumen und hörte das Summen der Bienen. Sie waren beschäftigt, den Blütenstaub aus den Dolden zu holen.

Ach, wäre es jetzt schön, ein Schläfchen zu machen, und da wurde er auch schon von einer großen Müdigkeit eingeholt. Auriel legte sich auf die Wiese und schlief sofort ein. Er träumte von seinem Stein, sah, wie dieser glitzerte und wie schön er aussah. Glücklich hielt er den Kristall in seiner Hand, um ihn nach Hause zu bringen.

Im Traum erschien ihm ein kleiner Gnom, der lächelte ihn freundlich an. Auriel bat ihn um Hilfe und der Gnom nickte ihm zu.

Oh, wie schön war dieser Traum. Er blickte sich um, aber er sah keinen Gnom in seiner Nähe. Auriel rief und rief, doch nichts geschah. So machte er sich auf den Weg. Es zog ihn zum Wasser. Schließlich hatte er ja auch Durst. Die köstliche Quelle erfrischte ihn und er fühlte sich danach gut und gestärkt. Auriel lief mit seinen nackten Füßchen durchs Wasser und glückste vor Freude an diesem kühlen Nass.

Auf einmal bemerkte er einen Eingang. Dieser war von Efeu schon sehr zugewachsen. Man musste dabei genau hinschauen, ob es ihn wirklich gab. Vorsichtig schob Auriel die Blätter auf die Seite und vor ihm war eine klitzekleine Tür.

Gott sei Dank, bin ich ein Engel und kann hier eintreten. Aber halt, was war denn das? Auf der Tür stand in Großbuchstaben: EINTRETEN NUR MIT DEM PASSENDEN SATZ. Oje, was soll das denn bedeuten? Es gibt doch so viele Sätze. Traurig setzte er sich vor die Türe und überlegte. Aber nichts wollte ihm einfallen. Da erschien auf einmal der Gnom aus seinem Traum. Er sprach: »Du musst dich ganz tief in deinem Herzen fragen, was du willst. Dann wird sich die Türe öffnen.«

Auriel dachte nach. Was hatte er in der Tiefe seines Herzens verborgen? Ja, da war es. Er sprang auf und sagte: »Ich bitte Gott und die Engel mir zu helfen und mich zu führen. Ich verdiene, es geliebt zu werden und glücklich zu sein.«

Langsam ging das Tor auf und Auriel konnte eintreten. Es war wunderschön, die ganze herrliche Pracht, wie in einem Märchenschloss. Alles war so putzig klein. Auf einem Tischchen stand Essen bereit und Auriel stärkte sich erst einmal. Satt und zufrieden stand er auf und ging an jedem Zimmerchen vorbei. Die Türen trugen alle verschiedene Namen wie z. B. Tür zum Herzen, zur Liebe, zum Glück, zum Schutz, zur Geborgenheit, zur Freude, zur Zufriedenheit, zum Kummer, zum Leid, zur Krankheit und zum Tod.

Eigentlich wollte Auriel ja vor lauter Neugierde durch jedes Türchen treten, aber er hatte eine andere Aufgabe.

Liebe Kinder, ihr habt alle solche Türchen in euch. Die einen etwas mehr, die anderen etwas weniger. Manchmal schmerzt es, eines zu öffnen, und dann erfährt man wieder so viel Freude beim Aufmachen. Es werden sich im Laufe eures Lebens viele Türen öffnen und schließen. Aber seid gewiss, ihr habt einen festen Platz im Herzen Gottes. Er wollte es so und gab jedem von euch einen Auftrag mit auf die Erde. So wie jetzt Auriel.

Schnell lief er an den Türchen vorbei und kam in einen kleinen Raum. Dieser wirkte so edel und so klar. Auriel war ganz gerührt von der Harmonie des Raumes.

Ein kleines Tränchen kullerte über seine Wange. Er musste für einen Augenblick innehalten. Da sah er auf einem Tischchen ein Tablett liegen und darauf lag ein wunderbarer Stein. Er war tief-blau und strahlend schön anzusehen. Dort entdeckte Auriel auch einen Zettel, auf dem der Name des Kristalles stand: Aquamarin. Aber welche Wirkung hatte der wunderbare Stein nur? Er sollte ihn doch mit der Information nach Hause bringen.

Da flog eine kleine Elfe über ihn und besprühte Auriel mit Ster-nenstaub. Sie sagte: »Hör zu, lieber Auriel, was ich dir jetzt zu sagen habe. Die Botschaft des Steines lautet: Ich verdiene es, gesund zu sein. So wirst du es verbreiten. Und der Aquamarin ist ein Stein der Tapferkeit. Er baut Stress ab und beruhigt den Geist. Das Selbstbewusstsein wird gefördert und er ist auch der Stein der Klarheit. Er bringt Ordnung ins Leben, und wenn du dich krank fühlst oder unter einer Erkältung leidest, wird er dir helfen. Er stärkt die Sehkraft und in der Natur ist er wirksam bei Heuschnupfenleiden. Zur Pflege entlädst du ihn öfter unter flie-ßendem, lauwarmem Wasser. Bei häufigem Einsatz wird er von der Sonne wieder aufgeladen.«

Die Elfe sprach langsam und deutlich und so konnte Auriel alles mitschreiben. Behutsam nahm er den Kristall vom Tablett und steckte ihn in ein Beutelchen. Er bedankte sich bei der Elfe und verabschiedete sich von ihr. Mit Freude und tiefer Dankbarkeit verließ er das Schloss. Die Türe verriegelte sich von selbst und nichts war mehr sichtbar. Müde, aber dennoch kraftvoll ging Auriel wieder den Bach entlang. Auf der Wiese wartete der Gnom bereits auf ihn. Auch sie nahmen herzlich Abschied voneinander und Auriel stieg in sein Wolkenschiffchen.

Glücklich flog er nach Hause, stets mit dem Gefühl im Herzen, den Auftrag Gottes erfüllt zu haben und den wertvollen Schatz bei sich zu tragen.

Im Himmel angekommen warteten bereits seine Freunde auf ihn. Auriel erzählte und erzählte. Voller Stolz zeigte er den Stein mit der Botschaft.

Vergiss nie, geliebtes Kind Gottes: Gott und die Engel lieben dich im Hier und Jetzt und führen dich sicher durch dein Leben, sowie Auriel im Vertrauen Gottes.

Die magische Reise zu meinem »Seelenkind«

Einst lebte ein kleines Mädchen auf dieser Erde. Es hatte alles, was du dir vorstellen kannst. Liebe, Freude, Glück, Zuversicht, Hoffnung, Glauben, Gott, Hingabe, Vertrauen, Wahrheit und vieles mehr. Es fühlte sich sehr wohl damit und doch war da noch etwas anderes: Traurigkeit, Leid, Frust, Lüge, Verletzlichkeit, Wut und andere Dinge.

Die meisten Tage verbrachte das Mädchen in der Freude und in der Liebe. Doch es gab Tage, da klappte dies nicht, da die Menschen um sie herum mit ihrer Art nicht klarkamen. Dies spürte das Mädchen in Worten und Taten. An solchen Tagen zog sich das Mädchen zurück, um diese Energie nicht aufzunehmen, aber es gelang ihm nicht immer. Und wenn es ihm nicht gelang, dann war die Energie so stark, dass das Mädchen traurig wurde und innerlich sehr litt. Es verstand die Welt nicht mehr, es verstand sich nicht mehr und es hinterfragte sein Sein. Die Traurigkeit war an solchen Tagen sehr stark. Und doch wusste das kleine Mädchen, da war doch was. Etwas, was sie beschützte und dass sie jederzeit besuchen konnte.

Meist am Abend ging es in seine kleine Stube und betete und meditierte um wieder zum »magischen Seelenkind« zu kommen.

Heute war wieder solch ein Tag. Das Mädchen meditierte und begann die Reise nach innen.

Ich möchte dir davon erzählen, und wenn du magst, kannst du mich begleiten: »Mach es dir bequem, es ist egal, ob du liegst oder sitzt, dein Unterbewusstsein spürt bald, welche Position die richtige für dich ist. Atme ein paar Mal tief ein und aus, damit deine Gedanken sich lösen können, die du vom Tag mit dir bringst. Hab aber keine Angst, wenn Gedanken kommen. Heiße sie willkommen, schenke ihnen kurz Aufmerksamkeit und schicke sie in Liebe fort. Sende ihnen noch die Worte hinterher: Später habe ich wieder Zeit für euch. Durch deinen Atem kommst du in die Ruhe und Entspannung und dann schließe deine Augen. Auch hier werden wieder Gedanken erscheinen, da sich dein Ego nicht so leicht ausschalten lässt. Es wird dich innerlich fragen, was machst du da? Was soll das? So ein Quatsch! Aber je mehr du übst und dich darauf einlässt, umso mehr schaltet sich dein Ego ab, denn irgendwann wird es ihm zu langweilig, da du ja immer das Gleiche tust.

Nun stelle dir vor, du steigst in einen Aufzug ,der dich in dein tiefstes Inneres bringt. Der Aufzug ist hell und mit Licht und Liebe ausgestattet und du fühlst dich wohl und geborgen. Fünf, der Aufzug fährt behutsam nach unten. Vier, du spürst schon die Ruhe und du versuchst, den Alltag auszulöschen. Drei, dir geht es gut und du spürst das erste Mal eine seltsame Ruhe in dir. Zwei, ein wohliges Gefühl umgibt dich und Eins, der Aufzug setzt sanft auf und die Türe öffnet sich. Du kannst hinaustreten und du siehst eine prachtvolle Wiese und spürst sofort Stille und Ruhe. Ein Gefühl, das dir bekannt vorkommt, aber der Alltag lässt dies oft nicht zu. Mit Leichtigkeit steigst du aus und betrittst die Wiese. Schnell ziehst du deine Schuhe aus, um das wohlige Gefühl auf der Wiese zu spüren. Sie ist weich, fast wie ein samtiger Teppich. Deine Füße tragen dich weiter. Nun hast du den Wunsch dich niederzusetzen. Du nimmst auf der Wiese Platz und schaust dich um. Da erkennst du in der Ferne etwas auf dich zukommen.

Es wird immer deutlicher erkennbar. Ja, Liebe überkommt dich und du erkennst es: Es ist dein »magisches Seelenkind«. Es ist voller Freude, dass du ihm wieder einmal einen Besuch abstattest, und umarmt dich liebevoll mit seinen kleinen Händchen. Ach, wie gut das tut, denkst du. Ich habe dich so sehr vermisst. Dein kleines »Seelchen« weiß, wie dir zumute ist und bittet dich, ihm alles zu erzählen, und setzt sich voller Freude vor dich. Nun darfst du alle Fragen stellen und alles erzählen, was du auf dem Herzen hast. Es lauscht aufmerksam und nimmt jedes Wort von dir auf.

Das ist wichtig für das kleine »Seelchen«, denn es lebt in dir und braucht dich ebenfalls sehr zum Leben. Es ist auch deine kleine Stimme, die du oft im Inneren hörst. Doch es gibt Tage, da es dir gar nicht möglich ist, es zu hören, da du selbst mit dir und deinem Außen zu tun hast. Doch es wartet immer geduldig auf dich und auf das Wiedersehen, sei es hier auf der Wiese oder in deinen Träumen.

Du wirst oft von der Außenwelt manipuliert oder fremdbestimmt. Die daraus resultierenden Folgen sind Kompromisse, die du eigentlich gar nicht eingehen willst. Ja, du spürst, dass du dir untreu wirst, um anderen gerecht zu werden. Doch bist das du? Willst du so leben? Unsicherheit und mangelndes Selbstbewusstsein machen sich bemerkbar und hier beginnt deine oft so traurige Reise und die große Sehnsucht in deinem Inneren macht sich bemerkbar.

Es ist einfach zu sagen:
»Sei einfach du selbst!«
»Bleib dir treu!«
»Sag immer, was du denkst!«"
»Tu, was dir guttut!«
Bist du dann auch authentisch, wenn du zu allem ja sagst und es aber innerlich nicht meinst?

Die Verantwortung für dich zu tragen und dir treu zu bleiben ist nicht immer einfach, aber niemand hat das Recht, dich zu verändern. Du wurdest so geschaffen und geboren, um genauso zu sein, wie du es für richtig hältst. Doch die Ängste in dir kontrollieren dich und halten dich davon ab, ein Leben in Frieden, Freude und Liebe zu führen. Du fragst dich oft, was Frieden eigentlich ist? Was löst noch Freude in mir aus? Bin ich noch voller Freude? Oder die Liebe, wann habe ich das letzte Mal geliebt oder jemanden gesagt, wie sehr ich ihn liebe. Das sind deine Grenzen. Diese immer wiederkehrenden Fragen, bei denen uns oft die Antworten fehlen, sind dann die Momente, in denen du die magische Reise zum »Seelenkind« antreten und das Türchen weit öffnen solltest. Oft fühlt sich das »kleine Kind« ins Hinterzimmer gesperrt. Teilweise so lange, bis du die Hilferufe nicht mehr hören kannst und es für immer schweigt. Oder tief im Inneren spürst du etwas, was dir bekannt und vertraut vorkommt. Aber ertappst du dich auch dabei, es zu ignorieren? Hier beginnst du, eine Maske aufzusetzen, um nicht aufzufallen. Dies ist der Zeitpunkt, an dem Blockaden entstehen und die Erinnerung in dir erlischt wer du EIGENTLICH bist. Durch diese aufgesetzten Masken spürst du auch nicht mehr, was du wirklich willst. Du lebst in Beziehungen, die dich nicht glücklich machen, weil da immer etwas fehlt, nach dem du dich so sehr sehnst. Jeder zeigt doch sein wahres SELBST. Ach, wie schön ist es am Anfang, da hörst du vielversprechende Worte. Worte, die dir zur Heilung dienen und eine Vision in dir entstehen lassen. Doch der Alltag raubt dir diese Illusion und Worte lösen sich in Luft auf, wurden nie gesagt. Du bist enttäuscht, doch auch hier ist es wichtig, die Verantwortung für dich zu tragen, dass DU dich selbst getäuscht hast. Eine Vorstellung in dir erlischt, da du etwas anderes gehört und erwartet hast. Auch ich mache wieder diese Erfahrung. Doch etwas zu ändern, bin ich noch nicht bereit, weil da ja noch etwas ist, etwas das verbindet und das ich noch gerne Liebe nenne.

Ich bin tief im Glauben, dass Gott mir den Weg zeigen wird. Er zeigt ihn mir bereits jetzt schon. Es geschehen für mich und mein Seelenheil gerade wunderbare Dinge. Ja, Veränderungen in mir, mit mir und mich herum. Ja, auch Menschen von außen, die mir auf wunderbare Weise geschickt werden, um weiterzukommen, siehe jetzt mein Buch. Ich danke all denen, die es mir möglich gemacht haben. Mein Ziel ist uneingeschränkte Glückseligkeit in meinem Leben, welches meinem wahren Sein entspricht.

Wir arbeiten in Jobs, die uns nur das Geld bringen, um leben zu können, die uns aber nicht erfüllen und auch krank werden lassen.

Wir haben Freunde, die gar nicht wissen, was in uns vorgeht, und die immer nur ihre Geschichte erzählen, anstatt zuzuhören und dich wahrzunehmen. Es gibt nur wenige unter ihnen, die es verstehen. Der Rest lebt sein eigenes Ego mit aufgesetzter Maske, der auch mit meinem authentischen Sein nichts anfangen konnte. Es waren keine Freunde, denn sie haben sich nie die Mühe gemacht, mich kennenzulernen. Auch sie sind auf ihrem persönlichen Weg, auf dem wir uns kurz begegnet sind und das ist vollkommen in Ordnung und gut so. Ich bin jedem Einzelnen dankbar für die Erfahrungen, die ich machen durfte. Ich habe meinen Freundeskreis auf ein Minimum reduziert und spüre, wie gut es mir dabei geht. Mir fehlt nichts und ich vermisse nichts. Und unser Lebensweg ist lange, Menschen begegnen uns kurz oder verweilen länger an unserer Seite. Es gibt wunderbare Menschen, die in mein Leben treten, und es ergeben sich durch sie neue Möglichkeiten. Dieses gemeinsame Leben wird unseren Herzen folgen. Ich finde zurück zu mir selbst und erkenne meine wahren Talente und Sehnsüchte dadurch. Ich weiß, ich bin göttlich versorgt und tiefer Frieden kehrt bereits jetzt schon in mir ein.

Ich lebe authentisch und das bedeutet für mich Selbstverantwortung und Ehrlichkeit, vor allem mit mir selbst, einfacher gesagt: Ich folge meinem Herzen.

Doch auch ich spüre das Leben mit allen Höhen und Tiefen. Aber ich habe gelernt, mein Leben in die Hand zu nehmen und meinen Weg zum Ziel zu gehen – Schritt für Schritt. Und mein Ziel ist der Weg zum Herzen und hier gibt es kein Zurück mehr. Nicht dass ich nicht mehr zurück könnte, nein, ich möchte die andere Seite von mir kennenlernen, so wie jede Medaille zwei Seiten hat.

Ich stelle mir dabei vor, wie ich meinem »Seelenkind« begegne, das ja eh schon vieles von mir weiß, und es um Rat frage. Ist das nicht ein Hochgefühl, der »Meister meines Lebens zu sein«, niemand sagt mir, was ich zu tun und zu lassen habe? Jeder Tag wird eine Bereicherung sein, wenn ich meine Sehnsüchte und Visionen erkenne und lebe.

Die Wertschätzung zu anderen und mir wird wieder erkennbar. Das Leben selbst wird leichter, so wie es als Kind war, als ich noch »rein« und voller Unschuld war. Aber auch ich wurde in den Kreislauf des Lebens geboren, in ein Leben, das bestimmt wurde. Eines ist mir aber stets geblieben, die Nähe zu meinen Engeln, die mich vom Babyalter an begleitet haben. Der göttliche Hauch, damit ich hier auf dieser Erde bleiben durfte. Aus dieser Welt wurde ich auch gerissen, von Erwachsenen, die nichts damit anfangen konnten und wollten. Heute weiß ich, dass ich ihnen Angst machte, da ich anders war als all die anderen.

Mein Weg war nicht leicht. Er war gefüllt mit Leid und Schmerz und dennoch war etwas in mir, das mir nie den Glauben an mir nahm. Auf vielen Wegen der Suche erkannte ich bald, dass ich hier eine Mission zu erfüllen hatte. Mein Vater hatte dies in guten Momenten erkannt und mich einmal gefragt ob ich ihm die Welt mal mit meinen Augen zeigen könnte.

Das Schönste in meinem Leben war die Geburt meiner drei Kinder und ich kann dankbarer nicht sein. Ja, ich habe ihnen das Leben geschenkt. Sie mir aber auch. Jedes Einzelne von ihnen ist eine Kostbarkeit und sie könnten unterschiedlicher nicht sein. Kein Mensch ist austauschbar, jeder besteht aus wunderbaren kleinen Details. Und jedes ist ein Individuum und ein Geschenk Gottes. Jedes hat von mir den freien Willen erhalten, sein Leben so zu leben, wie es gerade für es passt. Und ich musste erkennen, dass es Momente gab, wo es für sie gepasst hatte, aber für mich nicht. Doch wenn wir alle JETZT damit beginnen, werden in unseren Herzen Liebe, Frieden, Freude und unbegrenzte Möglichkeiten einkehren.

Ich liebe und bin dankbar für all diese Erfahrungen und Erinnerungen in meinem Leben, die mir ein Lächeln ins Gesicht zaubern, egal, was in meinem Leben gerade los ist und sein wird.

Ich bin dankbar für die Liebe in mir, die mich immer wieder auf den richtigen Weg bringt, mir den richtigen Weg zeigt und dafür, dass ich erkannt habe, so zu sein, wie ICH bin. Ich möchte niemals anders sein.

Herzlichen Dank an all die Menschen, die mir in meinem Leben begegneten, sei es gut oder schlecht. Jeder Einzelne diente meinem Wachstum. Und allen Menschen, die mir jetzt helfen weiterzukommen, bin ich von Herzen dankbar. Ihr seid eine Kostbarkeit für mich und meinen Weg.

Über die Autorin:

Veronika Schneider wurde 1962 in Singen am Hohentwiel geboren. Seit ihrer Kindheit fühlt sie sich innig mit den Engeln verbunden. Ihr wurde bald bewusst, dass es uns allen möglich ist, Zugang zu unseren intuitiven Fähigkeiten zu bekommen. Alles, was es dazu braucht, ist das tiefe Vertrauen zum Göttlichen. Nach vielen Jahren der Verdrängung entdeckte sie durch die Reise zu sich selbst ihre medialen Fähigkeiten, aus denen ihre wunderbaren kleinen Geschichten entstehen, und durch sie entwickelte sie eine ganz besondere Beziehung zum Reich der Engel. Es ist eine herrliche Gabe, die Veronika sehr erfüllt, wenn die Geschichten aus ihr herausfließen und uns alle auf dem Weg der Heilung ein wenig inspirieren und unterstützen. In ihrem Beruf als Krankenschwester begegnet sie täglich verschiedenen Menschencharakteren. Auch hier spürte sie bald, wie unterschiedlich sie alle sind. Durch ihre Herzlichkeit und Offenheit ist sie gerne gesehen.